NOTICE

sur

LES POÉSIES INÉDITES DE Mᵉ FOREST,

Procureur Vendômois,

Par M. A. Dupré, Bibliothécaire de la ville de Blois.

———

L'Histoire littéraire du Vendômois ne fait aucune mention de ce poëte inconnu, qui méritait peut-être de rester dans l'oubli. Toutefois, si la versification est faible, *plate* même (il faut le dire d'avance), du moins la piété chrétienne, les bons sentiments, et surtout un vif amour du pays natal, inspirent constamment cette muse *pauvre mais honnête*. Son œuvre indigeste remplit un énorme in-folio oblong de 265 feuillets, grossoyés en ronde du XVIIᵉ siècle et reliés en veau ; d'assez bonnes gravures anciennes accompagnent le texte. Une personne de Blois, qui possède ce manuscrit ignoré, a bien voulu me le communiquer. Après l'avoir lu d'un bout à l'autre, j'ai pensé qu'une rapide analyse, accompagnée d'extraits textuels, pourrait intéresser les compatriotes et les concitoyens de l'auteur, exhumé de la poussière après deux siècles d'abandon.

Les deux premières pièces, intitulées « Prières pour le « Roi, composées pendant les cérémonies des quarante « heures pour l'heureux succès des armes de Sa Majesté « contre les Hollandais, en l'année 1672 », ne sont que la paraphrase des psaumes de David, chantés à cette occasion. Le versificateur vendômois les adresse directement à Louis XIV, dans une dédicace élogieuse jusqu'à l'idolâtrie ; un païen n'eût guère parlé autrement à un dieu ou demi-dieu de l'Olympe ; la personne et la gloire du *Grand Roi* étaient devenues l'objet d'un véritable culte.

Le poëme qui suit présente un intérêt plus local ; en voici le titre : « Voyage de Vendosme à la *sainte larme*, « en l'an 1680, au temps du célèbre chapitre des révé- « rends pères cordeliers, dédié à Monseigneur le Dau- « phin (fils de Louis XIV). » Le narrateur, jouant sur son nom, « feint de venir du pays de *Forest* et d'aller « à Vendôme en voyage à la sainte Larme, et sa muse « lui apparoistre dans le chemin. » Il raconte, en passant, la légende merveilleuse de cette relique fort ancienne, et par suite l'origine de la *Cérémonie du Lazare*.

> C'estoit le grand Louis, appellé *de Bourbon*,
> Qui, retenu captif au pays d'Angleterre,
> En liberté fut mis et revint dans sa terre,
> Et, bénissant le Ciel d'un si rare bienfait,
> Il fit ce que jamais aucun prince n'a fait,
> Se mettant dans l'estat d'un homme plein de crime ;
> Il parut dans Vandosme ainsy que criminel,
> Invoquant humblement le Seigneur éternel.

Le chapitre provincial des Cordeliers ou *Frères mineurs*, tenu à Vendôme dans la maison de cet ordre, et les manifestations religieuses auxquelles donna lieu cette assemblée extraordinaire, font le sujet du poëme, annoncé naïvement par ce préambule :

> En faveur des Mineurs composant *quelques vers* [1],
> Allons par nos écrits dire à tout l'univers
> Leur célèbre assemblée, et lui donnons le titre
> Du plus beau, du plus pieux et renommé chapitre
> Que les peuples jamais ayent veu dans ce lieu,
> Où l'on ayt jamais fait tant de prières à Dieu !
> Quatre cents Cordeliers sont venus, ceincts de corde,
> Demander pour Vandosme à Dieu miséricorde.

---

[1] L'auteur est bien modeste ; sa gazette rimée contient près de mille alexandrins.

Nous ne suivrons pas le prolixe narrateur dans les détails minutieux où il se noie ; contentons-nous de saisir çà et là quelques particularités locales..... Entre autres lazzis, la sonnerie des Cordeliers est indiquée d'une manière assez plaisante, avec certaines prétentions à l'harmonie imitative :

> *Maillet* et ses trois fils montèrent au clocher,
> Que nos nouveaux venus prenoient pour un rocher ;
> Ils firent retentir les cloches de ce dome,
> Qui, bien carillonnant, disoient *Vandin, Vandome.*

Nous voyons défiler les différents corps religieux ou civils qui assistèrent aux cérémonies du *Chapitre* et suivirent la procession générale, notamment *Messieurs les Juges des Grands Jours* :

> Sans doute gens d'honneur, prudens et justes juges,
> Chez lesquels les plaideurs recherchent leurs refuges,
> Après avoir perdu ce qu'ils croyoient gagner ;
> Poursuivant leurs procès sans y rien espargner.

Cette juridiction extraordinaire et souveraine tenait alors ses assises dans la capitale du Vendômois.

Les foules pieuses ne manquèrent pas à la fête ; ici la géographie est mise en vers étranges :

> Les peuples curieux des villes et des bourgs,
> De l'un et l'autre sexe, et tous ceux des faubourgs,
> Vinrent pour prier Dieu, comme estans les plus pro-
> [ches,
> D'Areines, St Ouen, Naveil, Thoré, Les Roches,
> Montoire, St Calais, Bessé, Villiers, Lunay,
> Villetrun, Coulommiers, Villerable, Prunay,
> Cellé, Troo, Ruilly, d'Ecoupain, de Vibraye,
> Montdoubleau, St Quentin, de Savigny-sur-Braye,
> De Fortan, d'Epuisé, ceux là de Mazangé,

Les habitans d'Azé, du Temple et de Sougé,
Meslay, Renay, Pezou, Chasteaudun, et de Lisle ;
Et de ces beaux pays chacun vint à la file :
Tous les plus curieux de Faye et de Saint Firmin
Portoient tous à la main le bouquet de jasmin ;
Et de ces beaux quartiers, sans oublier Spereuses,
Les bergères icy parurent fort pieuses ;
Chacune accompagnée estoit de son berger,
Afin des grands chemins d'éviter le danger.
Le bouquet sur le sein, de muguet et de roses,
Avec le collet blanc et leurs plus belles choses.
Ce peuple villageois, ayant fait oraison,
S'en retourna bien gay, chacun en sa maison.
Je recogneus aussy les bourgeois de Cousture,
Dont les mérites font l'excellente peincture.

Le beau sexe, ornement obligé des solennités même
religieuses, brillait par ses superbes atours, que notre
malin chroniqueur se plaît à décrire avec une légère
pointe d'ironie :

Le grand nombre admirai des filles et des veuves ;
Leur brocard m'eblouit, et leurs simarres neuves,
Qu'à ce sexe fournit la ville de Paris ;
Et d'elles j'eus pitié, les voyant sans maris.
Toutes ayant esté regardées et veues,
Un chacun les jugea dignes d'estre pourveues ;
Et moy, je creus alors que Dieu, par ses bontés,
Donneroit des maris à toutes ces beautés,
Beautés sans contredit, qui les galans invitent
A les bien rechercher ainsy qu'elles méritent.
Je fus ravy de voir les précieux habits
Des dames de Vandosme, avecques leurs rubis,
Du plus rare brocard de Paris revestues ;
Les coiffes, sur le front proprement rabattues,
Les *gribiches* de point, faictes à double rang,
Estoient de ce beau sexe un aimable ornement.

De Vandosme je vis au Chapitre les belles,
Jeanne, Catho, Manon, Chloris, les Isabelles,
Qui, marchant deux à deux à la procession,
Firent voir la ferveur de leur dévotion,
Laquelle n'eut jamais et n'aura de pareille,
Rebutant les galans qui parloient à l'oreille,
Mais élevant au ciel leur esprit et leur cœur,
Le priant qu'il en feust le maître et le vainqueur.

Les médecins reçoivent, à leur tour, un coup de boutoir de l'humeur joviale et narquoise du poëte goguenard :

J'y reconnus aussy les enfans de saint Cosme,
Réputés pour savans du peuple de Vandosme ;
Ils ordonnent souvent le remède Alchermès
Et l'émétique affreux, dont je n'use jamais ;
Je l'abhorre, aymant mieux une bonne bouteille
Du vin de Prépatour[1], pour boire *à la pareille*.

Une réception cordiale et empressée attendait les Cordeliers, venus du dehors pour assister au chapitre :

Vandosme tout ensemble, avec ses eschevins,
Céans vint présenter le nectar de ses vins,
Vins qui, sans contredit, passent pour malvoisie,
Vins qui, sans en mentir, valent une ambroisie.
Nos bons religieux, après leur oraison,
Furent très bien receus en chacune maison ;
Chaque bourgeois fournit sa chambre tapissée,
Où l'on voyoit dépeincts Andromède et Persée.

---

[1] Vignoble situé aux environs de Vendôme. Henri IV y possédait une closerie où il récoltait le vin blanc de surin, qu'il vantait beaucoup et que l'on a confondu à tort avec celui de Surènes près Paris.

Ici commence une longue digression sur les sujets mythologiques de tapisseries peu faites, ce semble, pour édifier les hôtes pieux aux regards desquels on les avait exposés, dans une bonne intention sans doute.

Après la clôture de l'assemblée, les franciscains étrangers adressent leurs adieux aux bourgeois et aux *riches gantiers* de Vendôme, aux laboureurs et aux vignerons du pays, à tout le monde enfin. Le poëte, lui aussi, prend congé du lecteur par cette réflexion judicieuse, mais un peu tardive :

> Il seroit ennuyeux de discourir sans cesse,
> Et le trop long discours cause de la tristesse ;
> N'estant donc pas séant de dire à l'infini,
> Par ce vers, le dernier, mon voyage a fini.

Vient ensuite le « Reproche fait à ceux de la Religion « prétendue réformée, en la personne de Calvin, leur « instituteur, sur ce qu'ils nient avec luy la réalité et pré- « sence de l'auguste et prétieux corps de Jésus-Christ « dans l'adorable sacrement de l'autel. » Cet opuscule dogmatique, composé en 1672, est offert à la Dauphine, Marie-Anne-Christine-Victoire de Bavière, bru de Louis XIV.

En continuant de feuilleter le volume, nous tombons sur un singulier « Dialogue entre les vertus théologales « la Foi, l'Espérance et la Charité, suivi du Jugement « de Monseigneur le duc de Bourgogne en faveur de « la Charité. » La forme enfantine de cette allégorie convenait assez à l'âge du royal bambin, précoce Mécène, que la dédicace compare au beau Pâris, fils de Priam, appelé à se prononcer entre Junon, Pallas et Vénus ; allusion puérile aux fables du paganisme, dans une matière éminemment chrétienne !

Monsieur, duc d'Orléans, frère de Louis XIV, subit à son tour l'éloge accablant qui précède « Le repentir « et les regrets de l'homme mourant, d'avoir, pendant « sa vie, offensé Dieu, etc. » C'est le morceau le plus lourd du recueil ; car, à lui seul, il surcharge cent feuillets, et fournit environ douze cents vers ! Des chagrins domestiques en furent l'occasion, comme nous l'apprend le titre, ainsi conçu : « Sujet du livre : En l'an « 1662, la femme de l'auteur estant devenue paralyti- « tique, il en conceut tant d'ennuy, et son affliction fut « telle, qu'il en demeura malade à l'extrémité ; et, « croyant mourir de cette maladie, il résolut de faire « son testament en la forme cy-après. » Il y a de tout dans cette rapsodie autobiographique ; Forest y donne un libre cours à son imagination vagabonde et à sa verve immodérée : prolixe jusqu'à satiété, il *tire au rôle* d'une façon déplorable ; c'est, chez lui, une vieille habitude de *procureur ;* par exemple, il nous raconte longuement toutes les phases d'une maladie qu'il supposait devoir être la dernière, ses entretiens avec sa femme d'abord, ses enfants et parents (trop nombreux au gré du lecteur), puis avec son confesseur, son médecin et son chirurgien. Ce dernier voulait le saigner, d'après l'ordonnance du docteur ; mais le malade lui résiste et le congédie : cet incident fait le sujet d'une scène burlesque, dont Molière aurait sans doute tiré un meilleur parti…. Le moribond, rebelle aux prescriptions de la docte Faculté, invoque avec plus de confiance les saints et saintes du paradis ; chacun de ces bienheureux intercesseurs lui répond successivement, et le colloque prend une place demésurée. Infini dans ses discours, notre agonisant ne se contente pas d'un adieu collectif aux magistrats et aux notables de la ville, aux hommes de loi, aux corporations religieuses, à ses amis, etc. ; il interpelle séparément chaque individu ; il retourne, pour chacun, ses éloges, ses avis charitables et ses regrets, monotone refrain d'une complainte lugubre ! Néanmoins, ces nomenclatures fatigantes ne sont pas dépourvues d'intérêt, puisqu'elles nous font connaître les principaux habitants de Vendôme en 1662. Parmi d'interminables lieux communs, les rollets destinés aux procureurs et aux plaideurs expriment d'amères doléances sur l'ingratitude des clientèles sur la difficulté de s'en faire payer. Prenant ensuite les choses par le meilleur côté, il dit à ses confrères besogneux :

> .... Réjouissez-vous ; car, pour le vray, je pense
> Que vous aurez au Ciel fort bonne récompense .

Ces sentiments d'abnégation chrétienne étaient dignes d'un pieux disciple de saint Yves, patron secourable des procureurs et des avocats en peine.

L'admonestation suivante, infligée aux plaideurs, accuse des vues moins éthérées et plus positives :

> N'allez point sans argent voir vostre procureur,
> De crainte de le mettre en la mauvaise humeur ;
> Mais, luy báillant la pièce, il vous fera carresse,
> Et ne fera jamais ni fraude ni finesse ;
> Il vous assistera toujours dans le besoing,
> Et de tous vos procès, Messieurs, il aura soing.

Le personnel complet des procureurs vendômois passe sous nos yeux ; chacun de ces praticiens expérimentés obtient un mot d'amitié de la bienveillance du confrère mourant. Il en est un, entre autres, dont la figure candide offre une pureté légendaire :

> De tous les procureurs de cette noble ville,
> Nostre *Salmon* paroît sage comme une fille ;
> On diroit, à le voir, que c'est un languissant ;
> Mais c'est qu'il a les yeux de couleur *bleu mourant ;*
> Cet homme de douceur ne fait tort à personne,
> Il ne reçoit jamais rien que ce qu'on luy donne ;
> Et je ne puis icy m'empescher désormais
> De dire que Salmon est un homme de paix ...

L'élève reconnaissant des Oratoriens du collége de Vendôme n'oublie pas, dans ses adieux détaillés, *ses bons maistres de troisième, deuxième et rhétorique ès années 1645, 1646 et 1647.* Puis, saluant d'un dernier regard sa chère cité natale, il paye aux agréments intimes de cet heureux séjour un tribut suprême de patriotique et galant souvenir ; Vénus et Bacchus trouveront également leur compte à ces regrets flatteurs :

> Adieu, du Vendosmois la capitale ville,
> En sexe féminin abondante et fertile,
> Où des filles l'on voit les plus rares beautés ! ...
> Je prie aussy le Ciel, avec ses douze signes,
> De défendre du froid les abondantes vignes,
> Afin qu'ayant des vins, tu ne te serves d'eau,
> Qui pourrit les poumons et met l'homme au tombeau.

L'éloge des vignobles du pays revient plusieurs fois à la bouche et sous la plume de l'auteur, qui probablement aimait à réchauffer sa verve dans les fumets généreux d'un nectar indigène.

Le même panégyrique est répété avec des développements non moins optimistes :

> Adieu, beau Vendomois, climat de la santé,
> Qui fournit en tous lieux le bon vin tant vanté !
> Séjour où l'on ne voit ni finesses ni ruses,
> Pays où nous voyons la demeure des muses,
> Et le fameux trafic de tes *riches gantiers*,
> Qui tous laissent vieillir des vins sur leurs chantiers !

Procureur jusqu'à extinction, il fait parler ainsi la Mort, terrible messagère, qui vient lui signifier l'arrêt fatal, en dépit de ses demandes réitérées d'*atermoiement :*

> . . . . , Non, non, il faut venir,
> Sans autre *exploit*, aucune *contrainte* ou *advenir ;*
> Oui, mourir il le faut, à présent, à cette heure,
> Il le faut ; Dieu le veut ; il faut donc que tu meures.

Le testament versifié du poëte à l'agonie et la narration anticipée de ses funérailles dans l'église de Saint-Martin, sa paroisse, terminent cette longue élégie. L'acte de ses dernières volontés nous apprend qu'il était né en 1630; que sa femme (de paralytique mémoire) s'appelait *Robineau*, qu'il avait un fils et deux filles, etc. Le testateur a pris soin de dessiner au crayon rouge, sur le manuscrit même, le modèle exact de son tombeau futur, avec cette épitaphe, moitié païenne, moitié chrétienne :

« Hoc peccatorem monumento *Parca* reclusit. »

Nous ne sortons pas des lamentations; voici encore une « Condoléance de la ville de Vandosme sur les décès « de leurs Altesses monseigneur le cardinal duc de Van« dosme, Monsʳ le duc de Beaufort et Madᶜ la duchesse « douirière, dédiée à Mgʳ Louis Joseph duc de Van« dosme. » Cette pièce plaintive est scandée en vers latins; l'ancien humaniste des pères Oratoriens s'était souvenu de leurs leçons; car la poésie latine fut toujours cultivée avec soin et bonheur dans les colléges d'une diserte congrégation, nourrie des sucs les plus purs de l'antiquité classique. Cette langue morte paraît convenir, bien mieux que le français, à la muse attardée de Mᵉ Forest; du moins avons-nous remarqué dans sa *Condoléance* certains passages d'une facture et d'un goût irreprochables.

Le poëme *sur la mort de son Altesse Madᶜ la duchesse de Vandosme* nous ramène au français, et par suite au trivial, au terre à terre d'une versification *impossible*. Cette tartine funèbre est dédiée au fils et successeur du cardinal Louis, au jeune Louis-Joseph, dernier duc de Vendôme, devenu plus tard le guerrier intrépide dont les exploits soutinrent et couronnèrent la gloire de sa noble race.

Un exercice laborieux d'hémistiches, offert au même prince, porte pour titre : *Descriptio urbis, pratorum, ac fluvii Savigniensis.* Cette description quasi-virgilienne de *Savigny-sur-Braye* contient une peinture assez fraîche de la prairie voisine, et des joyeux ébats de

la jeunesse du lieu sur les vertes pelouses émaillées de
fleurs; nous sommes en pleine Bucolique ou pastorale:

> Hic, quantùm lapidis jactus removetur ab urbe,
> (Deliciæ juvenum) redolentia prata videntur.
> His vastis prati spatiis delecta juventus
> Ire, redire solet; secum quoque quisque paratus
> Formosam dextrà comitem retinere puellam.

Après avoir souhaité d'abondantes moissons aux cul-
tivateurs de Savigny en général, le vieux gourmet, bu-
veur émérite, formule un vœu distinct pour l'objet fa-
vori de ses préoccupations épicuriennes:

> At non vivit homo solo de pane beatus;
> Lætificat Bacchus solidatque corda virorum....

Nous traversons, sans nous y arrêter, une insigni-
fiante série de paraphrases purement religieuses, pour
arriver à la *Requeste civile de Me François Forest à
mons^r le bailly de Vendosmois, juge de police, sur le
faict de la réparation nécessaire à faire au chemin des
Coulis*. Le requérant énumère les avantages que le pays
doit, à son point de vue, retirer du travail en question;
toutefois, on aurait pu lui contester un de ces motifs
d'utilité soi-disant *publique :*

> Les plaideurs viendront à Vandosme,
> Faisant d'une mouche un fantosme,
> Ayant intenté des procès
> Dont ils espéroient bon succès,
> Viendront, par appel, de Bouloire,
> Saint Calais, Savigny, Montoire,
> Vers les juges supérieurs,
> En quittant les inférieurs,
> Ne craignant plus ces précipices....

« Vous êtes orfèvre, Monsieur Josse, » eût fort bien dit Molière au procureur avide, qui laissait trop apercevoir le bout de l'oreille.

Du reste, Mᶜ Forest avait un autre intérêt personnel à la réparation demandée, puisque le chemin des Coulis conduisait à sa chère campagne ; il prend de là occasion de nous décrire ses passe-temps, tour à tour champêtres, pieux, littéraires et bachiques, dans ce lieu de loisir et de plaisance. Les considérations sentimentales elles-mêmes se glissent parmi les longueurs de ce plaidoyer *omnibus :* car, dit le pétitionnaire anacréontique :

> Si ce grand chemin se répare,
> Je voys qu'un chacun se prépare
> Pour aller s'y bien divertir,
> Quand l'on voudra s'entravertir.
> Un amant, avec son amante,
> L'un pasmé, celle-cy mourante,
> L'un pour l'autre d'affection,
> Iront faire collation,
> Après le rigoureux caresme,
> Chez *Gaignebien* [1] manger la cresme.....
> Dans leur entretien et cageol,
> Entendront le doux rossignol,
> Perché sur une espine noire,
> Racontant la charmante histoire,
> Et d'une amoureuse façon,
> Cent fois leur dire sa chanson ;
> Eux, entendant cette harmonie,
> Charmés de telle symphonie,
> De ses accents et de sa voix,
> Auront peine à quitter le bois
> Et les retraites du bocage,
> Où l'on entend ce doux ramage ;

---

[1] Vigneron de l'auteur.

> Et pour en chasser tout ennuy,
> Voudront y passer jour et nuit.

A part les chevilles et les rimes douteuses, ce petit tableau de mœurs villageoises, plus ou moins innocentes, ne manque pas de naturel et de grâce.

Le lourd volume se termine par un échange de compliments entre l'auteur et l'un de ses amis, Mr *Vérité*, curé de Volnay au Maine : ce nom, de sincère augure, semblait promettre, de la part du correspondant, plus de franchise et moins de flatterie pour les tristes élucubrations d'un poëte aussi médiocre.

Forest, comme Chapelain, Colletet, Pradon, et les autres victimes du sévère Boileau, s'obstinait *à rimer malgré Minerve*. Chez lui, les idées sont bonnes parfois ; mais la forme est généralement pitoyable. L'imagination, l'esprit, la causticité surtout, ne lui manquaient pas au besoin ; par malheur, les ronces et les épines de la procédure étouffèrent les germes d'un talent qui, mieux cultivé, aurait pu donner des fruits agréables. Son style de procureur endurci et de trivial gazetier rampe presque toujours, bien loin des sentiers fleuris du Parnasse. Ecrivain à la diable, versificateur incorrect, notre pauvre rhapsode traite sans façon la grammaire, le rhythme et le goût. Ses tournures et ses inversions latines produisent d'ailleurs un singulier mélange. Ses licences multipliées, ou pour mieux dire continuelles, ne sont rien moins que poétiques ; et l'inspiration rachète rarement cet impardonnable oubli des règles les plus simples. En lisant ce grimoire, qui rappelle trop le papier timbré et les dossiers du vieux praticien, on ne se croirait pas en plein siècle de Louis XIV, sous le règne brillant de notre belle langue française, parvenue à son apogée.

De ce fatras insipide il y aurait à dégager l'élément historique et local, le seul qui ait conservé un peu de valeur pour nous. De tant de lieux communs, de longueurs et de puérilités fastidieuses, on pourrait tirer quelques allusions à des faits peu connus, quelques renseignements instructifs sur les hommes et les choses du pays, sur les familles vendômoises, enfin sur la physionomie et les mœurs d'une époque intéressante à étudier, et toujours féconde en révélations nouvelles. Le *fumier d'Ennius* ne cachait-il pas des perles d'un certain prix ?

(Extrait du Bulletin de la Société Archéologique Littéraire et Scientifique du Vendômois.)

Vendôme. Typ. Lemercier.